Ulrich Germania

Kirmes der Herzen

Impressum

Buchtitel:
Kirmes der Herzen

Untertitel:
Kurze, kitschige Kirmes-Geschichte

Serie:
Romantische Begegnungen auf dem Jahrmarkt

KI-Hinweis:
KI-Geschichte, erdacht und überarbeitet vom Autor

Autor:
Ulrich Germania

Verlag:
BoD · Books on Demand GmbH, In de Tarpen 42,
22848 Norderstedt, bod@bod.de

Druck:
Libri Plureos GmbH,
Friedensallee 273, 22763 Hamburg

ISBN: 978-3-7693-9949-3

Inhaltsverzeichnis

Bildnachweise:
Die Bilder auf dem Buchumschlag sowie die Illustrationen im Buch wurden durch KI generiert und mit Programmen der Foto-Manipulation modifiziert.

KI-Hinweis:
Autor Ulrich Germania hat sich die Charaktere und den Plot ausgedacht, die KI hat die Geschichte geschrieben, dann wurde sie überarbeitet und verbessert.

Der Jahrmarkt

Die Lichter des Jahrmarkts strahlten in die Nacht hinein und verwandelten den Messplatz in ein Meer aus Farben und Glanz. Bunte Lampenketten spannten sich wie leuchtende Girlanden zwischen den Fahrgeschäften, während die Musik der Karussells und Attraktionen die Luft mit einer Mischung aus Pop-Musik und aufgeregten Stimmen erfüllte.

Überall drängten sich Menschen – Familien mit Kindern, Gruppen von Jugendlichen und Paare jeden Alters. Sie alle waren gekommen, um für ein paar Stunden dem Alltag zu entfliehen und in die magische Welt der Kirmes einzutauchen.

Das Riesenrad drehte sich majestätisch am Rande des Platzes und bot den Fahrgästen einen atemberaubenden Blick über die glitzernde Szenerie. Daneben wirbelte ein Kettenkarussell seine Fahrgäste durch die Luft, begleitet von begeisterten Schreien.

Der Autoscooter, umgeben von blinkenden Neonröhren, war ein Magnet für junge Leute, die sich in den bunten Wagen gegenseitig jagten.

Zwischen den Fahrgeschäften reihten sich Buden aneinander: Schießstände lockten mit plüschigen Preisen, Losbuden versprachen das große Glück.

Der Duft von gebrannten Mandeln, frischem Popcorn und würzigen Bratwürsten zog verlockend über das Gelände, denn an den Imbissständen brutzelten Pommes im Öl und Schnitzel auf dem Grill. Der süße Geruch von Zuckerwatte mischte sich mit dem herben Aroma von Bier aus den Biergärten des Festes.

Die Atmosphäre war elektrisierend. Lachen und Musik vermischten sich zu einem fröhlichen Crescendo, während die Besucher von einer Attraktion zur nächsten zogen. Jede Ecke des Jahrmarkts versprach ein neues Abenteuer, eine neue Chance auf Spaß und Aufregung.

Als die Nacht voranschritt, schien der Jahrmarkt nur noch lebendiger zu werden. Die Lichter strahlten heller, die Musik wurde lauter, und die Energie der Menge pulsierte wie ein lebendiger Herzschlag durch die Gassen zwischen den Attraktionen.

Es war eine Welt für sich, eine Oase der Freude und Unbeschwertheit, die jeden Besucher in ihren Bann zog und die Magie eines zeitlosen Vergnügens versprach.

Lisa und Anna

An diesem lauen Samstagabend saßen Lisa und Anna in ihrer gemeinsamen Wohnung in der Innenstadt.

Lisa, eine 25-jährige Grafikdesignerin mit langen blonden Haaren und einem Faible für ausgefallene Ohrringe, blätterte gelangweilt durch eine Zeitschrift. Anna, 24 Jahre alt und Krankenschwester, lag auf dem Sofa und scrollte durch ihr Smartphone.

„Ich will diesen Samstag nicht schon wieder Netflix schauen", stöhnte Lisa und warf die Zeitschrift beiseite. „Wir müssen was unternehmen!"

Anna sah von ihrem Handy auf. „Ja, mir ist auch langweilig. Hast du eine bessere Idee als die üblichen Bars zu besuchen?"

In diesem Moment vibrierte Lisas Handy. Sie öffnete die Nachricht und ihre Augen leuchteten auf.

„Anna, das ist es! Der von mir abonnierte Veranstaltungskalender meldet, seit heute ist der Jahrmarkt in der Stadt. Lass uns auf die Kirmes gehen!"

Anna richtete sich interessiert auf.

„Kirmes? Das klingt nach Spaß! Ich war schon ewig nicht mehr auf so einem Fest."

„Genau!", rief Lisa begeistert. „Zuckerwatte, Autoscooter, vielleicht sogar eine Runde im Riesenrad. Das wäre doch mal was anderes."

Die beiden Freundinnen sprangen auf und begannen, sich fertig zu machen. Lisa wählte ihre kurzen Lieblingsjeans und ein bauchfreies Oberteil, und Anna sagte: „Gute Idee, ich zieh mich auch so an."

„Meinst du nicht, das ist zu sexy?", fragte Anna, während sich die Mädchen im großen Spiegel betrachteten.

„Wer weiß", sagte Lisa mit verschmitztem Lächeln, während sie sich die Haare kämmte, „vielleicht lernen wir ja ein paar nette Typen kennen."

Anna lachte. „Auf der Kirmes? Das wäre ja wie in einem kitschigen Liebesroman."

„Manchmal schreibt das Leben die besten Geschichten", erwiderte Lisa und zwinkerte ihrer Freundin zu.

Mit aufgeregter Vorfreude machten sich die beiden Freundinnen auf den Weg. Die Straßenbahn hielt direkt vor dem Jahrmarkt-Gelände. Als sie ausstiegen, hörten sie sofort die Musik, sahen viele Menschen und der Duft von Popcorn und die bunten Lichter brachten sie umgehend in Stimmung.

Lisa und Anna waren bereit für einen Abend voller Abenteuer und wer weiß - vielleicht auch für eine Überraschung, die ihr Leben verändern würde.

Marcus und Lukas

Marcus und Lukas saßen an diesem Samstagabend in der Wohnung von Marcus. Der 28-jährige Architekt räkelte sich auf dem Sofa, während sein bester Freund Lukas, 27 und Elektroingenieur, eine Bierflasche öffnete.

„Alter, was machen wir heute?", fragte Lukas und nahm einen großen Schluck.

Marcus zuckte mit den Schultern. "Keine Ahnung. Wieder ins Studentenviertel mit den vielen Pubs und Studentinnen?"

In diesem Moment zuckte Lukas' Handy. Es war eine Nachricht von seinem abonnierten Veranstaltungskalender: „Heute Beginn der Sommer-Kirmes auf dem Messplatz!“

„Marcus, lass uns auf die Kirmes!", rief Lukas begeistert. „Bestimmt sehen wir da auch hübsche Mädchen."

Marcus' Augenbraue wanderte nach oben. „Kirmes? Wie old school."

„Kneipenbesuche sind auch old school! Kirmes ist genau das Richtige", konterte Lukas. „Autoscooter, Riesenrad, geile Atmosphäre. Da lernt man Frauen kennen!"

Nach kurzem Zögern stimmte Marcus zu.

„Es ist Sommer. Jeans und T-Shirt, mehr muss man nicht anziehen. Wir können eigentlich gleich losgehen.“

Marcus schmierte sich schnell etwas Gel in seine Haare, während Lukas bereits die modernen Turnschuhe anzog und an der Tür wartete.

Die Vorfreude stieg. Die zwei Freunde waren bereit für ein Kirmes-Abenteuer - ahnungslos, dass dieser Abend besser als sonst werden würde.

Begegnung am Autoscooter

Die Kirmes brodelte vor Energie. Bunte Lichter blitzten, Musik dröhnte, und der Autoscooter war der absolute Hotspot für Flirts und Action.

Marcus und Lukas hatten gerade Jetons gekauft, da sah Lukas zwei Mädchen.

„Alter, da drüben sind zwei sexy Mädels", flüsterte er und nickte mit seinem Kopf in Richtung Lisa und Anna, die gerade in einem dieser Elektroautos Platz nahmen.

Die Mädels brachten ihren Autoscooter in Stellung und warteten, dass es los ging. Lisa, mit ihrem knappen Oberteil, saß am Steuer und starrte zielsicher auf die jungen Männer, die gerade ein Auto bestiegen. Anna bemerkte es, lachte und zwinkerte ihrer Freundin zu.

„Die Jagd beginnt!", rief Marcus.

„Ihr wollt also spielen!", rief Lisa und lachte laut.

Eine wilde Verfolgungsjagd entbrannte. Bereits die erste Kollision war Absicht. Marcus rammte gezielt das Auto der Mädchen. Lisa konterte sofort, drehte eine perfekte Kurve und donnerte zurück. Lukas winkte zu Anna, die zurückwinkte, während Lisa und Marcus sich aufs Fahren konzentrieren mussten.

Die Autos jagten hin und her, rammten sich, wichen aus. Kreischende Mädchen, laute Musik, blinkende Lichter - der perfekte Soundtrack für diesen Moment.

Nach der kurzen Fahrt waren alle vor Lachen außer Atem. Sie spürten das Adrenalin, und die pure Lebensfreude.

Als sie aus den Autos stiegen, gingen die Jungs auf die Mädchen zu und Marcus fragte nur:

„Lust auf ein Eis?"

„Klar!", antworteten Lisa und Anna gleichzeitig.

Der Flirt hatte begonnen.

Eisessen und erste Gespräche

Die vier schlenderten zu einem Eisstand, immer noch high vom Autoscooter-Adrenalin.

„Ich bin Marcus", sagte er und grinste Lisa an. „Und das ist mein Kumpel Lukas."

„Lisa", erwiderte sie mit strahlenden Augen und stellte ihre Freundin vor: „Und das ist Anna."

Sie bestellten Eis. Lisa Erdbeere, Marcus Schoko, Anna Vanille und Lukas wagte sich an Wassermelone mit Minze.

„Krasse Fahrkünste", lobte Lukas und stupste Anna an.

„Ihr wart auch nicht schlecht", konterte sie lachend.

Sie fanden eine Bank mit Blick aufs Riesenrad. Die Gespräche flossen locker.

„Was arbeitet ihr?", fragte Marcus.

Lisa erzählte von ihrem Job als Grafikdesignerin und Anna sagte: „Ich hoffe, ihr seht mich nie bei der Arbeit. Ich bin Krankenschwester und habe keine Lust, euch krank im Krankenhaus sehen zu müssen."

Marcus lachte und sagte: „Ich bin Architekt und trage immer einen Schutzhelm, wenn ich eine Baustelle besuche", und Lukas ergänzte: „Ich bin Elektroingenieur und ich halte immer großen Abstand von Starkstromleitungen."

„Sexy Oberteil", meinte Marcus zu Lisa.

„Danke, selbst designed", antwortete sie stolz.

Die Chemie stimmte. Blicke wurden intensiver, man rückte näher zusammen.

„Was steht als nächstes an?", fragte Lukas mit einem Grinsen.

Die Nacht war noch jung, und keiner wollte, dass sie endete.

Achterbahn der Gefühle

Die Achterbahn ragte hoch über den Jahrmarkt. Marcus und Lisa, Lukas und Anna stiegen gemeinsam ein. Die Wagen waren eng, die Sitzplätze schmal.

„Bereit?", fragte Marcus und sah Lisa mit einem Grinsen in die blauen Augen.

Sie ergriff seine Hand. Die erste Kurve kam - und drückte sie näher zusammen. Fliehkräfte taten ihr Übriges. Lisa lehnte sich an Marcus, Anna kuschelte sich an Lukas.

Die Bahn raste durch Schleifen und Kurven. Kreischen, Lachen, Herzklopfen. Mit jedem Meter wuchsen die Nähe und die Spannung zwischen den Paaren.

Als sie ausstiegen, waren ihre Hände noch immer ineinander verflochten. Der Jahrmarkt pulsierte um sie herum - Musik, Lichter, Verlockungen.

„Wohin als nächstes?", fragte Lukas.

Die Nacht war jung, die Möglichkeiten unendlich.

Am Schießstand

Ein Schießstand lockte mit bunten Preisen und blinkenden Lichtern. Marcus und Lukas tauschten vielsagende Blicke aus.

„Ladies, erlaubt uns zu demonstrieren, wie man richtig zielt", prahlte Lukas mit einem Augenzwinkern.

Lisa und Anna kicherten amüsiert.

„Na dann zeigt mal, was ihr draufhabt, Jungs!"

Marcus griff nach dem Luftgewehr. Konzentriert visierte er die Zielscheibe an. Peng! Treffer!

Lukas war an der Reihe. Seine Zunge zwischen den Zähnen, zielte er sorgfältig. Peng! Auch getroffen!

Der Standbesitzer grinste.

„Respekt, Jungs! Wählt eure Preise!"

Ohne zu zögern, deuteten beide auf die roten Rosen.

„Für dich", sagte Marcus sanft und überreichte Lisa die Rose. Ihre Finger berührten sich, ein Kribbeln durchfuhr sie.

Lukas tat es ihm gleich, reichte Anna galant die Blume. „Eine Rose für eine Rose", flüsterte er.

Die Mädchen erröteten, ihre Augen funkelten wie die Lichter der Kirmes.

„Danke", hauchte Lisa, während sie die Rose an ihre Nase führte. Der süße Duft mischte sich mit dem Geruch von Zuckerwatte und Popcorn.

Die Spannung zwischen ihnen war fast greifbar. Der Abend war so romantisch geworden und keiner von ihnen wollte, dass er endete.

Romantik im Riesenrad

Die Kirmes hatte die Nacht in ein Meer aus Lichtern verwandelt. Die Gondeln des Riesenrades schwebten majestätisch über dem Jahrmarkt, seine bunten Scheinwerfer blinkten verheißungsvoll.

"Bereit für den Höhenflug?", fragte Marcus mit einem Zwinkern.

Lisa nickte, ihr Herz klopfte schneller.

Sie stiegen in eine Gondel, Marcus und Lisa in die eine, Lukas und Anna in die nächste. Langsam begann sich das Rad zu drehen und sie ließen den Boden hinter sich.

„Ich hab ein bisschen Höhenangst“, gestand Lisa leise.

Marcus nahm sanft ihre Hand.

„Keine Sorge, ich bin ja da."

Mit jedem Meter sahen sie mehr von der nächtlichen Schönheit ihrer Stadt. Ein Fluss glitzerte in der Ferne, die Lichter der Stadt breiteten sich wie ein funkelnder Teppich unter ihnen aus.

Oben angekommen, hielt die Gondel an. Der Moment schien wie eingefroren.

„Lisa", flüsterte Marcus. Sie drehte sich zu ihm, ihre Augen glänzten im Schein der Lichter.

Langsam, fast in Zeitlupe, näherten sich ihre Gesichter. Lisas Herz raste, als sich ihre Lippen endlich trafen. Der Kuss war zart, voller Versprechen.

In der Nachbargondel erlebten Lukas und Anna ihren eigenen magischen Moment. Lukas und Anna saßen eng umschlungen in ihrer Gondel.

Die Spannung knisterte in der Luft. Lukas drehte sich zu Anna, ihre Blicke trafen sich. Langsam näherten sich ihre Lippen.

Der erste Kuss war sanft, zärtlich. Die Welt um sie herum verschwamm, nur dieser Moment zählte.

Als das Rad sich wieder in Bewegung setzte, lagen sich die Paare in den Armen. Die Stadt drehte sich unter ihnen, doch für die Verliebten stand die Welt still.

Unten angekommen, stiegen sie aus, Händchen haltend. Die Paare kamen sich entgegen, alle mit einem wissenden Lächeln.

„Und, wie war's da oben?", fragte Lukas grinsend.

„Atemberaubend", antwortete Marcus, ohne den Blick von Lisa zu nehmen.

Der Jahrmarkt um sie herum pulsierte weiter, aber für die vier jungen Menschen hatte gerade ein neues, aufregendes Kapitel begonnen.

Tanz und Leidenschaft

Die Nacht war noch jung, als Marcus und Lisa, Lukas und Anna einen zwischen Bäumen und Bretterzaun versteckten Biergarten am Rande der Kirmes entdeckten. Bunte Lichterketten spannten sich über die Tanzfläche, Disco-Hits der 80er Jahre füllten die Luft.

„Tanzen?", fragte Marcus die Gruppe und alle waren dafür.

Die Musik von Hits wie "Billie Jean" und "Girls Just Wanna Have Fun" pumpte durch die Boxen. Die Tanzfläche war voller Menschen. Marcus zog Lisa an sich, ihre Körper bewegten sich perfekt im Rhythmus. Lukas und Anna tanzten daneben und sahen sich dabei tief in die Augen.

Nach ein paar Drinks wurde die Stimmung ausgelassener. Die Paare küssten sich zwischen den Tanzpausen, die Kirmes um sie herum verschwamm.

„Ich kann's nicht fassen, dass wir uns heute Abend zufällig getroffen haben", flüsterte Lisa Marcus ins Ohr.

Er lächelte: „Manchmal schreibt das Schicksal die besten Geschichten."

Die Nacht war voller Versprechen, Leidenschaft und unerwarteter Momente.

Abschied und Versprechen

Die Disco-Party auf dem Jahrmarkt pulsierte noch immer, als die Betreiber begannen, die Stände zu schließen.

Marcus, Lisa, Lukas und Anna wussten, der magische Abend neigte sich dem Ende zu.

„Wir müssen uns unbedingt wiedersehen", sagte Marcus zu Lisa.

Sie tauschten Telefonnummern aus und gründeten sofort eine WhatsApp-Gruppe mit dem Namen „Kirmes". Auf diese Art kannten alle die Telefonnummern der anderen Mitglieder und es war sichergestellt, dass man in Kontakt bleiben konnte.

Die Jungs begleiteten die Mädchen zum Ausgang der Kirmes. Draußen rief Anna ein Taxi. Während sie warteten, nutzten die Paare die letzten Momente. Heiße, leidenschaftliche Küsse verschmolzen unter den bunten Lichtern des fast leeren Jahrmarktgeländes.

Das Taxi kam. Mit einem Versprechen auf ein Wiedersehen trennten sich die frisch verliebten Paare; aber nur für wenige Stunden.

Als Lisa und Anna zu Hause angekommen waren, konnten sie nicht aufhören, von den Männern zu schwärmen, die sie kennengelernt hatten.

Lisa nahm das Handy und schrieb in die Kirmes-Gruppe:

„Morgen wieder Jahrmarkt?“

„Definitiv!", antworteten alle fast zeitgleich.

Die Nachrichten flogen nur so hin und her, voller Vorfreude auf den nächsten Abend.

Die Nacht war zu Ende, die Liebesgeschichte der beiden Paare hatte gerade erst begonnen.

Weitere Bücher des Autors

Wenn Ihnen diese romantische, kitschige Kirmes-Geschichte gefallen hat, dann gefallen Ihnen bestimmt auch andere Kurzgeschichten, die sich Ulrich Germania ausgedacht hat. Viele Geschichten erzählen von romantischen Begegnungen an ungewöhnlichen Orten.

KI-Hinweis: Für die folgenden Geschichten gilt: Ulrich Germania hat sich die Charaktere und den Plot ausgedacht, die KI hat die Geschichten geschrieben, dann wurden sie überarbeitet und verbessert.

Kirmes der Herzen
Kurze, kitschige Kirmesgeschichte
(dieses Buch)

Doktoren auf der Kirmes
Kein Arztroman, aber fast.

Die Liebesgöttin auf der Kirmes
Jahrmarkt-Begegnung mit mystischem Flair
(Titelbild ist auf der letzten Seite zu sehen.)

Liebe in Kostümen
Begegnungen auf einem Cosplay-Event

Erst die Rache, dann die Braut

Cowboy-Western mit Kitsch und Liebe auf den ersten Blick. In mehreren Sprachen erhältlich.

Zenola

Ihr Herz war unverkäuflich.
Die Indigene und ihr Mariachi

Talahon Bilderbücher, Buchserie

Finde die Unterschiede!
Suchspiel Bilderbücher für Erwachsene

Chaya und Talahon in der Shishs-Bar,
Buch 1 bis 3

Die Chayas chillen auf der Kirmes

Die Chayas chillen wieder auf der Kirmes

Chaya und Talahon auf der Kirmes

Talahons mit Chaya auf der Kirmes

DIE
LIEBESGÖTTIN
AUF DER
KIRMES
Ulrich Germania

www.ingramcontent.com/pod-product-compliance
Lightning Source LLC
La Vergne TN
LVHW041525190726
843491LV00009B/2918

* 9 7 8 3 7 6 9 3 9 9 4 9 3 *